엘르 시리즈 2

키드 투생 글
아블린 스토카르 그림
이보미 옮김

Elles 2 - Universelle(s)
© ÉDITIONS DU LOMBARD (DARGAUD-LOMBARD S.A.) 2022, by Kid Toussaint, Stokart
www.lelombard.com
All rights reserved

이 책의 한국어판 저작권은 저작권사와의 독점 계약으로 ㈜다산북스에 있습니다.
저작권법에 의해 한국 내에서 보호를 받는 저작물이므로 무단 전재 및 복제를 금합니다.

찾아도 소용없어.

이제 블루는 여기에 없어.

블루는 여기 없어.

더 이상 찾지 마.

내가 왜 너한테 계속 말을 거는지 모르겠네.

넌 듣지도 않는데….

아니야, 듣고 있어.

"만약 네가 알라딘이라면, 난 지니고 ♫"

"♪난 너의 가장 친한… 친구♫"

"그러니까 넌 날 도와주는 친구라는 거지?"

"그럼… 가 보자!"

"가 보자!"

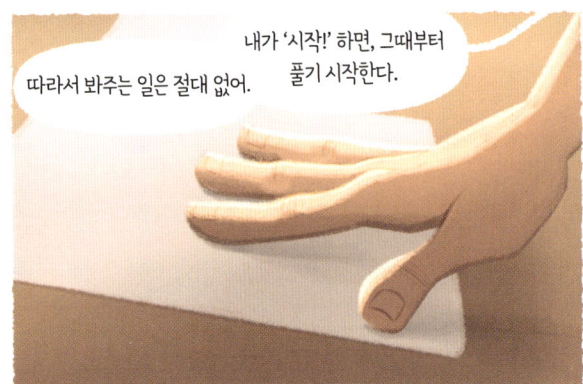

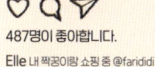

제발… 날 버리고 가지 마.

뭐해, 로즈! 네가 여기서 머뭇거리는 동안에도 블루는 계속해서 엘르의 인생을 망가뜨리고 있어.

나도 알아….

그냥 괴물은 진짜가 아니라고 말해 줘.

넌 저 괴물을 작은 고양이로 만들어 버릴 수도 있어. 더는 위협적이지 않게.

이 세계의 주인은 너야. 규칙을 정하는 것도 너고.

네가 주인이야. 네가 원하는 대로 하면 돼.

넌 누구보다 뛰어난 상상력을 갖고 있잖아.

참 별나다니까.

여긴 뭐지?
진짜 우주인가?

맞아.
여긴 퍼플의 세계야.

저기 봐!
출구가 바로 저기 있어!

저기까지만 가면 되는데…
손발이라도 휘저어 봐!

야, 친구라면서 한다는 조언이 고작 그거야?
기껏 한다는 소리가… 에잇!

저게 뭐야?

블루의 경비 부대가 출동했어.
어쩐지 너무 쉽더라니…

공주님은 추진제를 발사해서 웜홀로 쭉 날아가면 돼!

뭐? 추진제를 발사하라고?

나한테 추진제가 있어?

이미 너한테 달려 있어!

그래, 말 그대로야!

드디어 만났어!

네? 아니, 전… 이거 놓으세요!

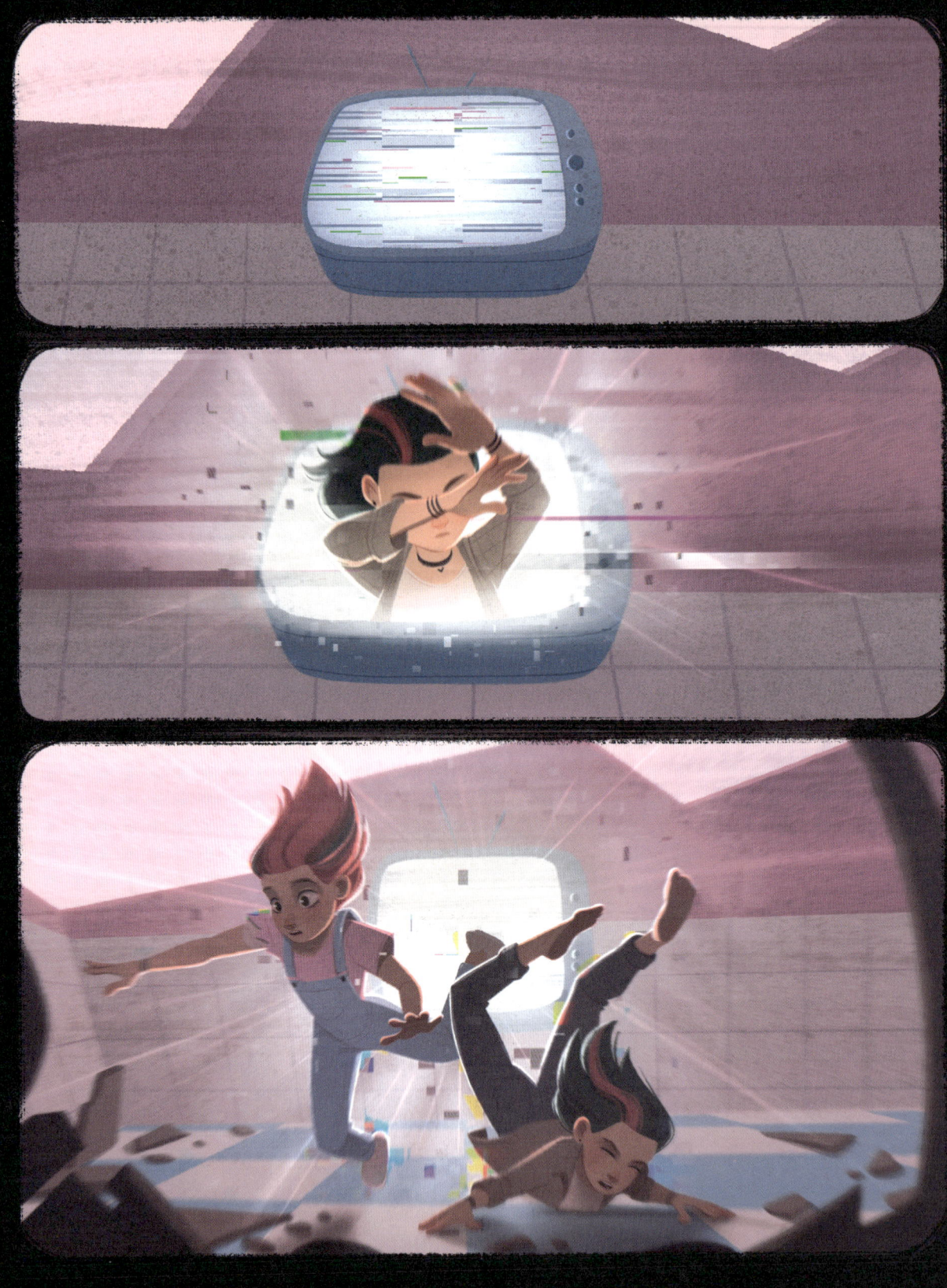

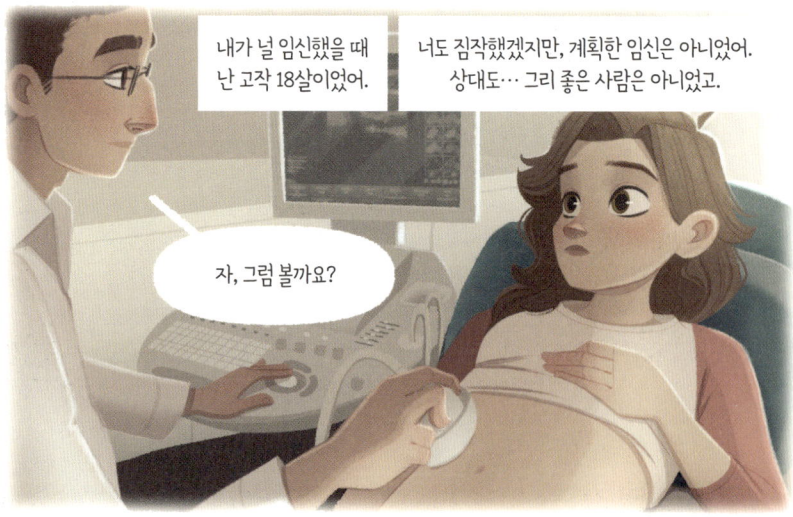

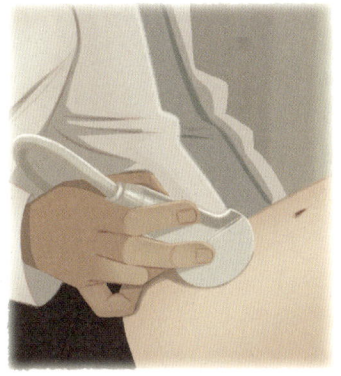

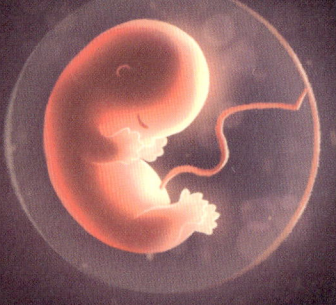 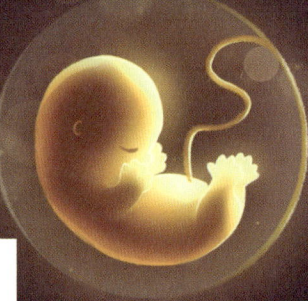

그날 의사 선생님이 발견한 태아는 모두 여섯이었어.

굉장히 드문 사례였지. 확률이 2천만 분의 1이었거든.

낳기로 결심했어도

아이 여섯을 키우는 건 도저히 불가능해 보였어.

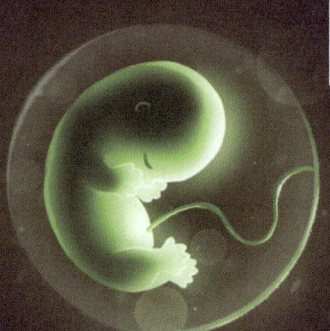 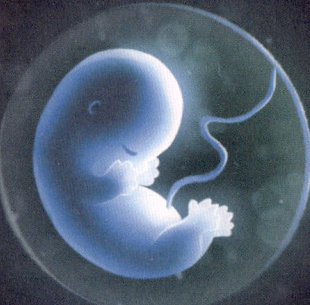

겨우 18살에

학교까지 다니면서

도와줄 사람이라곤 아빠 한 명뿐이니 더더욱….

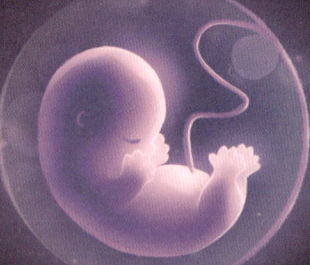 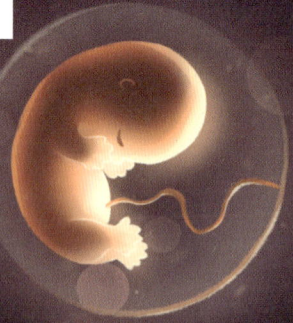

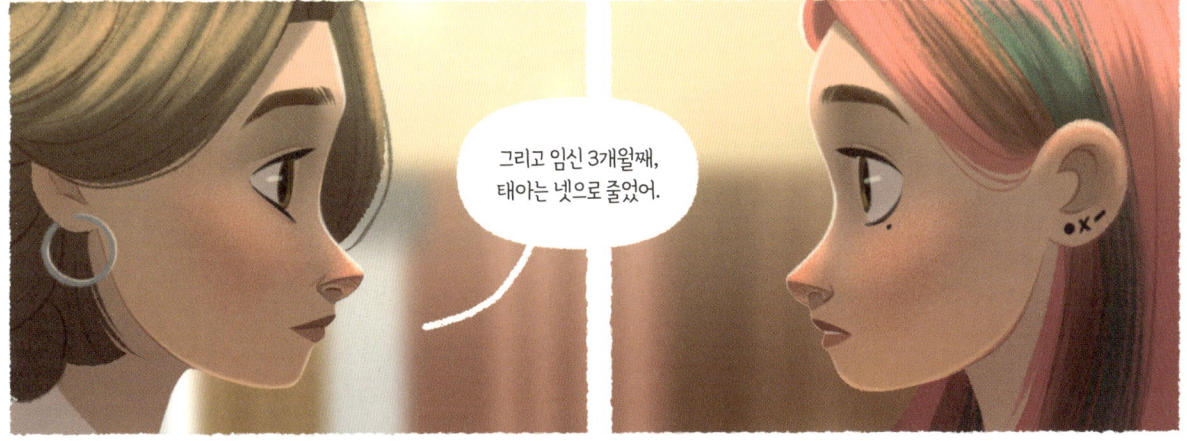

# 오티스

**15세**
**내향적**
**178cm**

## 좋아하는 것
모든 음악
모든 동물
내가 쓴 모든 시
그밖에 수많은 것들

## 싫어하는 것
성차별주의
인종 차별주의
형식주의
그밖에 '–주의'라고 끝나는 수많은 것들

## 좋아하는 것
나비
아이스크림
피에로
분홍색 스웨터
(내가 좋아하는 스웨터가 진짜 분홍색인지,
내 옷이 맞는지 확실하지 않지만….)

## 싫어하는 것
무드등 없이 잠들기
파리드의 고양이 (좀 무서워.)

# 린

15세

~~내향적~~   ~~외향적~~

엉뚱함

152cm

15세
(세련되게) 외향적
183cm

# 파리드

## 좋아하는 것

로버트 다우니 주니어
아이언맨을 연기한 남자
셜록 홈스를 연기한 남자
고양이
모든 것이 정돈된 상태
새 옷 쇼핑(걸어 둘 데가 없을 정도로 많이!)

## 싫어하는 것

크록스(패션 테러야!)
크록스랑 양말 같이 신기
짝짝이 양말
더러운 양말
발과 양말에 관련된 모든 것

## 좋아하는 것

아담 드라이버
아담 드라이버 머그컵
친구들이랑 함께하는 시간
숲길 산책
버블티

## 싫어하는 것

폭력
환경 오염
편협함
아빠의 농담

# 앨리스

15세

내향적

163㎝

엘르 시리즈 2
## 내 안의 나

**초판 1쇄 인쇄** 2025년 1월 9일
**초판 1쇄 발행** 2025년 1월 21일

**글** 키드 투생
**그림** 아블린 스토카르
**옮김** 이보미

**펴낸이** 김선식
**펴낸곳** 다산북스

**부사장** 김은영
**어린이사업부총괄이사** 이유남
**책임편집** 박슬기 **디자인** 남정임 **책임마케터** 신지수
**어린이콘텐츠사업4팀장** 강지하 **어린이콘텐츠사업4팀** 남정임 최방울 최유진 박슬기
**어린이마케팅본부장** 최민용
**어린이마케팅1팀** 안호성 김희연 이예주 **어린이마케팅2팀** 최다은 신지수 심가윤
**미디어홍보본부장** 정명찬
**편집관리팀** 조세현 김호주 백설희 **저작권팀** 성민경 이슬 윤제희 **기획마케팅팀** 류승은 박상준
**재무관리팀** 하미선 임혜정 이슬기 김주영 오지수
**인사총무팀** 강미숙 이정환 김혜진 황종원
**제작관리팀** 이소현 김소영 김진경 최완규 이지우
**물류관리팀** 김형기 김선진 주정훈 양문현 채원석 박재연 이준희 이민운

**출판등록** 2005년 12월 23일 제313-2005-00277호
**주소** 경기도 파주시 회동길 490
**전화** 02-704-1724 **팩스** 02-703-2219
**다산어린이 공식 카페** cafe.naver.com/dasankids
**종이** 스마일몬스터 **인쇄 및 제본** 정민문화사 **코팅 및 후가공** 제이오엘엔피

ISBN 979-11-306-5312-9 (47860)
　　　979-11-306-5310-5 (세트)

+ 책값은 뒤표지에 있습니다.
+ 파본은 본사와 구입하신 서점에서 교환해 드립니다.
+ 이 책은 저작권법에 의하여 보호를 받는 저작물이므로 무단 전재와 복제를 금합니다.